サキクサ叢書第一二六篇

歌集

里の春秋

近澤幸美

現代短歌社

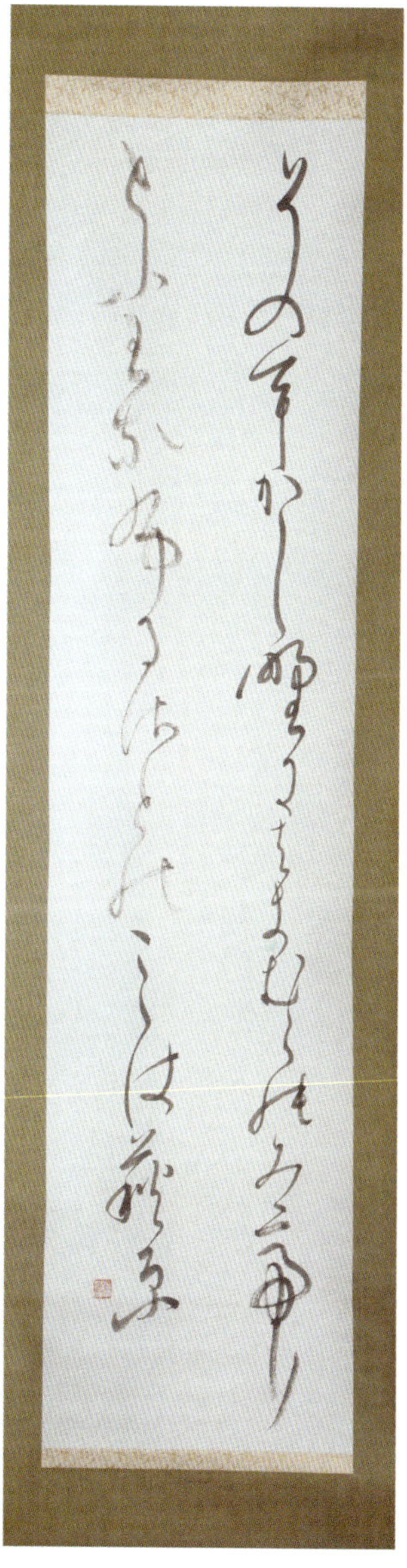

その昔野に萩群の満てりとふわがふるさとのここは萩原

近澤幸美

序

大塚布見子

『里の春秋』の著者、近澤幸美さんは、日本三関の一つ、鈴鹿の関近くに住む人である。この鈴鹿の関は、古来有名で、

坂は照る照る鈴鹿は曇るあいの土山《つちやま》雨が降る

と鈴鹿馬子唄にもうたわれていて旅情をそそられるものがある。又、この関の町には、

関の地蔵に振袖着せて奈良の大仏婿にとる

とうたわれた由緒ある関の地蔵院（宝蔵寺の俗称）があり、鄙びたなかにも何か雅《みやび》なものを残している町といえようか。

ここには、私の「藝林」時代からの知り人も多く、今は故人となられた方も何人かいるが、何度か訪ねたことのある懐かしい地である。

旧東海道に沿う町並は、千本格子戸の町屋が連なり昔の面影を残している。

近澤さんの住まわれているところは、

春あらしに杉の花粉の舞ひあがり三十五軒のわが里つつむ

と詠んでいるように、宿場町とは離れた静かな集落であるようだ。「三十五軒」という数詞が働いて、その佇まいをいろいろに想像させる広がりを持った一首となっている。

尚、任意に抄出してみよう。

春に三日晴るることなきこの頃の雨にほぐるる牡丹の紅芽
時折に日差しのありて小止むかと見えつつまたも降りつもる雪
ゆつくりと霧の晴れゆく山峡に合歓は抱かれあはあは咲けり
ふかぶかと沁みたる雨に庭の草伸ぶるを引けり土用三郎
凌霄花の色さす星のアンタレス火星と並べばいづれが赤き
鳴く虫に誘はるるごと庭に出でここは静かと赴任の夫いふ

巻の初めの方から任意にぬいてみた。いずれも身辺の自然が美しく詠まれている。一首目は、晴れる日の少ない春の不順の天候にも拘らず牡丹は紅い芽をふく。結句を「紅芽」と体言でおさめたところに牡丹の生命力に対する作者の信頼感というようなものが汲みとられ、力ある作品となっている。

著者の住む地は鈴鹿山脈の南端にあるらしく、鈴鹿颪《おろし》などあるのかも知れないが、春の遅い地であるようだ。そんな地に咲く合歓の花、それは「あはあは」と咲いているのだが、さながら一幅の条幅の絵のようでもある。

四首目の「土用三郎」とは、夏の土用入りから三日目の日を言い、俗にこの日の天候でその年の豊凶を占い、快晴ならば豊作、降雨ならば凶作という。農家の四つの厄日の一つである。ここでは、雨のあとのようだ。

次のアンタレスとは蠍《さそり》座の首星のことで、夏の宵南天に見える赤い星を言い、アンタレスとは「火星にあらがうもの」という意がある。「凌霄花の色さす」と見たのがユニークで、やはり夏の夜の闇に沈んだ星の赤さに華やかさと潤いを与えている。最後の一首には御主人が登場されている。単身赴任の東京より帰られて虫の鳴く庭に出られた御主人が「ここは静か」と呟くひと言には千金の重みがある。芭蕉の「閑《しづ》かさや岩にしみ入る蟬の声」ではないが鳴く虫の声があるだけに一層「静か」なのである。

尚、次のような歌もあり、この里の豊かさが代々伝わる尊いものであることを物語っている。

荒神さま井戸神さまに恵比須さま小餅丸めつつ家の神数ふ

「神」とは、「信仰の対象として尊崇、畏怖《いふ》されるもので、人知を超越した絶対的能力をもち、人間に禍福や賞罰を与える存在」と辞書にはある。「神は人の敬うによって威《い》を増す」という言葉もある。「荒神さま」とは、かまどの神を言い、防火・農業の神でもある。お供えの小餅を丸めつつ家の神はいくつと数えるのである。神と人が一体となった暮らしの豊かさといえようか。
また、作者は仏像の歌を多く詠んでいる。

幾世へし弥勒の肌へ濡るるごと黒ぐろひかるいやひと色に
ひともとの葦のごとくに楚々と立つおん身の丈の高き観音
慈悲怒り笑ひの相もつ十一の化仏《けぶつ》の面《おもて》あらゆる方むく
いにしへの人らは何を祈りけむ古きほとけに聞きてみたしも

弥勒は中宮寺の弥勒菩薩、次のおん身の高きみ仏は、法隆寺の百済観音である。弥勒菩薩の「濡るるごと」の写生は言い得ているし、百済観音の「ひともとの葦のごとく」はパスカルの「パンセ」の言葉、「人間は自然のうちで、最も弱い一茎の葦に過ぎない。だが、それは考える葦である」の言葉を思い出させるが、それが美しい仏像に昇華されていることに作者は、救いを感じているのだろう。

ともあれ、読者をひと時仏像の清らかな世界に浸らせてくれる作品群である。

「あとがき」に「来し方を振り返る自分史のような」と書かれているが、身のめぐりの自然やもろもろの出会いを三十一文字の日本の詩、短歌に詠み止めることによって作者の人生は永遠化されたのである。

この一巻には著者近澤幸美さんの人生が詰まっている。

歌集上梓を慶び、尚、今後の精進を祈って筆を擱く。

平成二十八年　金木犀咲く日に

目次

序　　大塚布見子

鈴鹿路に住む

木の芽張る　一三
大雪降れり　一六
ぬくき如月　一八
寒　昴　二一
初　午　二三
寝釈迦まつり　二七
伊勢太神楽　三〇
春闌くる　三三
師の歌碑成る　三六

関の地蔵　三九
「鈴鹿関」あらはる　四二
燕来る　四六
えごの白花　四九
土用三郎　五〇
青峰山正福寺と安乗灯台　五四
風　祭　五七
盂蘭盆会の宵　六〇
稲の匂ひ　六二
芭蕉の生家　六四
秋さる　六七
秋頃日　七〇
鴨日和　七三

土井竹林　七六
路地曲がるまで　七九
蔵出しのお茶　八一
冬日差し　八四
去年今年　八七

旅をりをり

熊野三山詣で　九三
大原の里　九六
松本城天守　九九
茂吉の里へ　一〇二
伊予路ゆく　一〇五
港町神戸　一〇八

沖縄へ　一一一
古京飛鳥　一一四
平城宮の跡　一一八
紫香楽宮跡　一二一
厳島の宮　一二四
伎芸天女　一二八
興福寺の阿修羅　一三一
中宮寺の弥勒菩薩　一三四
百済みほとけ　一三八
千の輝き　一四〇
この世の浄土　一四三
蟠満寺の釈迦如来　一四六

山にうたふ

夏の立山　一五三
燕　岳　一五六
駒　草　一六〇
乗鞍にのぼる　一六二
蓼科登山　一六六
大台ヶ原山　一六九
御在所岳に　一七二
醍醐寺より石山寺へ　一七五
貴船より鞍馬へ　一七八

うから

わが家の古き書　一八五
義父母の年忌　一八八
家系図書く　一九二
母逝きましぬ　一九四
かんこ踊り　一九七
病室の窓　二〇〇
子は嫁ぎたり　二〇三
父との別れ　二〇五
さくらの頃　二〇八
舞妓花の席　二一〇
孫生る　二一四
古稀迎ふ　二一七
今年の正月　二二〇

駿誕生　二二三
ロサンゼルス　二二六
帰国せし孫　二三〇
伊勢志摩行　二三三

あとがき　二三七

里の春秋

鈴鹿路に住む

木の芽張る

春いまだ寒き流れの川の辺に接骨木《にはとこ》はつはつ青き芽をふく

果実痕を中に並み立つごんずいの二つ二つの木の芽の赤し

未だ芽の硬き真葛の葉痕は目鼻ありけりルーペに見れば

いそのかみ古木の桜につる懸けてともに芽ばゆる葛かづらはや

雨あとの池辺の柳ほつかりと兆せる萌黄たぐふものなし

日あたれる山ふところに見つけたりはやほぐれ初む楤の木の新芽

くれなゐの和紙のこよりを思はする楓の芽ぶき匂やかにして

銀ねずの和毛まとへる木蓮のとがる芽の先あをき空あり

春に三日晴るることなきこの頃の雨にほぐるる牡丹の紅芽

大雪降れり

見の限り白ひといろに里蔽ふ大雪降れりひざ埋もるまで

かたかたと羽音鳴らせて低く飛び嵩雀《あをじ》の餌を探す雪庭

ふんはりと雪を被ける椿垣ゆ赤き花見えかそか揺れゐる

時折に日差しのありて小止むかと見えつつまたも降りつもる雪

轟きて屋根ゆ雪崩《なだ》るる音いく度厨に聞きつつ風呂吹き煮をり

ぬくき如月

ひねもすを甍にまぶしく照らふ日は春のものかも今日節分会

この朝にきく鶯のささ鳴きの声は去年より十日早かる

きさらぎの望《もち》近くして凍て庭を照らす月光《かげ》さむざむとあり

もつこりと畝の黒土盛り上げてもぐら通りしあと残る畑

春疾風ひと日吹き荒れ水仙の揉まれてあはれ地に伏しにけり

さきがけて老梅ひと花ひらけるを寒のもどりの雪ふりしきる

薄紙をときし雛《ひひな》のかんばせはいつに変らぬやさしき笑まひ

雛かざる部屋にうららの日の差してひかりの中を孫這ひめぐる

寒昴

天上に赤青白の宝石を撒きたるごとく煌めく星星

蒼白くあやしく光《て》れる天狼の星見出でたりオリオンの下

粒そろふ白き三つ星この宵をややにかたぶき南の空に

農耕の星と親しまれてみんなみの空にかがやく寒昴仰ぐ

オリオン座をよぎりて西へゆく機あり赤きともしび瞬かせつつ

初午

寒あけの日差し移れる軒に吊る玉葱ははや青き芽をふく

わが齢よみて握れる福豆は掌《て》のくぼ埋めてほろほろこぼる

千両の葉の雪散らしひよどりは残り実ついばむ逆さになりて

久々の雨は霰となり来たり夜半また雨の音とはなれり

煮染めなど重詰めを持ち詣でたる里の初午にぎはひてあり

道の辺の夜泣き地蔵の涎掛け誰が替へませしや赤の鮮やか

どのあたり衛星めぐると思ひ馳せ眼《まなこ》をこらし寒空あふぐ

きさらぎの望近き夜の月明かり眠るがごとき庭木をてらす

昨日けふ差す日の光の春めくやひとつクロカス先がけて咲く

谷川の堰《せき》に揉まれゐし紅椿やがて流れにのりてゆきたり

寝釈迦まつり

あひまつり今日をぬかづく開帳の涅槃《ねはん》図は日本三幅のひとつ

み仏のいますみ堂にかかげある畳十六枚分の大き涅槃図

弟子鬼神獣ら釈迦をうちかこみ嘆けるさまの描かるる涅槃図

明兆《みんてう》の描きし涅槃図に御法度の魔物なる猫うづくまりゐる

六百年を経る絵の鬼に赤く塗る辰砂《しんしや》の色のなほ鮮らけし

み面《おもて》もみ胸み肩もゆたかなる寝釈迦は三十路の人にゐがかる

釈迦もまた死にゆきけると涅槃会に諸行無常を僧のたまへり

鏡餅団子はつたいあられなど寝釈迦まつりの供物ゆたけし

ひと年の長生き約すと涅槃会に花供祖霰といふあられ賜へる

伊勢太神楽

あたらしき幹まじへたる竹叢にいまだ稚きうぐひすのこゑ

ことしまた伊勢太神楽《だいかぐら》が里にきて門に太刀ふり獅子舞なしくるる

神楽の獅子われの頭《づ》を噛み去りがてに来む年までを健やかにと言ふ

枝先の鞠花おのおのうすき黄に咲きて明るめり庭のみつまた

春あらしに杉の花粉の舞ひあがり三十五軒のわが里つつむ

けふ弥生二十日の朝を今来たとつばくらめ二羽庯に並ぶ

雷よけと神に供へし節分の豆いただけり初雷鳴れば

花冷えの弥生名残り日うちつけに軒打つ氷雨を暁にきく

春闌くる

あしたにも社の桜咲く気配ありてま昼の日ざしぬくとき

漬け菜にと洗ひておきし菜の花の首《かうべ》もたげぬ朝の厨に

川べりの八重桜花たわたわと花かさなりて重げに揺るる

太き根の藤づる絡むそのままに桜花咲く山のなだりに

山峡の田水に映る山つつじの赤ゆれやまずさざ波たちて

遠目にも色鮮らなる山茱萸の黄にふりそそぐ春のひかりは

師の歌碑成る

白き幕除けられにつつ現れし師の碑歌いく度もわれ口ずさぶ

嵌込みの石に桜うた刻まるる歌碑は台座にどつしり坐る

公園の碑歌にふさふと弾みある魂ふりのうた師は刻みます

除幕式の読経に和するや公園の木木に明るき鳥のこゑごゑ

花びらの流るるがに見ゆる碑表は雅春先生の水茎のあと

若やぎし声に師のうた朗詠の女人の召しものさくら色なり

花かげに西行宣長来て見ませ桜を詠める師の碑成るけふ

師の歌碑にそと手触《た》るれば日の光受けし温みの伝はりてくる

師に賜びし砥部のみ皿はかな書きに桜花うた散らされてあり

関の地蔵

僧行基の開基と伝ふ関の地蔵古きみ寺に今日は詣づる

北白川殿下御手植の桜咲き今し見ごろの地蔵院境内

本堂へ入りて見上ぐる格《がう》天井の百七十四枚の絵それぞれ違ふ

笑みますと見えて優しきおん顔の地蔵菩薩ををろがみまつる

地蔵院の宝物《ほうもつ》置かるるその中に綱吉の母の位牌納まる

愛染堂の厨子は秀吉の寄進とふ扉に銀箔透し彫りして

地蔵院の茶室の障子にやはらかき春の木洩れ日当たりて揺るる

えぞ過ぎぬと定家詠みたる蝦夷桜築山の上に八百年を咲く

「鈴鹿関」あらはる

観音山の裾の斜《なぞ》へに一すぢの高まり残る築地の跡これ

つひにかも鈴鹿関《すずかのせき》の西築地の遺構出でたりいく度の調査に

聖武天皇の命に造りし鈴鹿関の築地は平城宮のそれに似るとぞ

鈴鹿関の築地のあとの崩《く》え土より屋根瓦出づ千三百年経て

焼く窯の温度によるらし出土せしこれの瓦ははにつちの色

難波宮の築地の瓦と同紋の瓦出でたり鈴鹿関あと

出土せし重圏文軒丸瓦はわが里の瓦窯あとにて焼かれし瓦

観音山より見下ろす古道は壬申《じんしん》に大海人皇子《おほあまのみこ》の通られしみち

大和みちと旧東海道との追分に近ぢかと聞くうぐひすのこゑ

燕来る

この年はわが家につがひの燕きて土にわらしべ寄せて巣造る

寄りゆきて耳をすませば燕《つばくろ》の巣よりかすかにひな鳴く声す

親鳥の戻りきたれば一せいに首伸ばし鳴く五羽の子つばめ

親つばめ互みに雛に餌やるを見れば何がなうれしくなりぬ

巣のへりゆ三和土《たたき》に落ちしつばくろの雛を抱けば掌にあたたかし

体あたりするがに巣の下の猫めがけ掠めてとべる親つばくらめ

巣立つ日は近きや子つばめ巣より出で桁に止りて翼うちふる

今朝立ちし子燕低枝に止まれるを近寄りゆけばついと屋根越ゆ

えごの白花

えごの花の白き花殻おびただし今朝の里みをふみなづむまで

ここだくに散りしくえごの白き花はつかに匂ふ雨あがりの朝

散りしけるえごの筒花双《もろ》の手にすくへば白き花みづみづし

土用三郎

稲の葉にかかる蜘蛛の網《い》ぬか雨にくはしき露玉宿して光る

ほほづきの色づく見れば実を空《から》になして鳴らしし幼日おもふ

やはらかき竹のわか葉のさやさやとそよぎゐにけり風わたりきて

篁の竹のふる葉のしきりにも夕立つ風に散りやまぬかも

ゆつくりと霧の晴れゆく山峡に合歓は抱かれあはあは咲けり

つゆ晴れ間今日を掘りたる馬鈴薯の肌なめらかに夏日に晒さる

梅雨のあめやみし今宵の中ぞらに麦熟れ星の赤きがうるむ

ねぢれつつ咲きのぼりゆくもぢずりの細かき花に雨ふりそそぐ

ふかぶかと沁みたる雨に庭の草伸ぶるを引けり土用三郎

青峰山正福寺と安乗灯台

船乗りの信仰厚き正福寺参道に著莪の花白く咲く

幾世経て白く乾ける彫刻の彫りの深きを仰ぐ山門

細やけき鏨あと残れる彫刻は彫り師の心の襞をとどむか

秘仏なる十一面観音は厨子の中ご開帳はも五十年毎

み堂内ところ狭しと航海の安全願ふ護摩札掛かる

くねり道を登れば白き灯台の太平洋にきりり向き立つ

打つ波に浸蝕されて少しづつ位置ずらししとふ安乗の灯台

四角なる安乗灯台に灯の入りて暗き夜の海に光届けり

風祭

刈られたる夏草ひと日に乾きゐて散歩の道にはつか匂ふも

枝伸ばへ道をおほへる桜木の梢《うれ》の三葉四葉うす紅葉せり

兵たりし日の父の手記『追憶』をまた読み返す終戦記念日

いかづちの閃めく光に庭の木木一瞬ま青に浮き出でにけり

ゆく夏の暑さ残れる夕ぐれをあなめづらしもひぐらしのこゑ

み灯《あかし》に明るむ社の段のぼり供物を捧ぐ今宵風祭り

凌霄花の色さす星のアンタレス火星と並べばいづれが赤き

盂蘭盆会の宵

登り来しこの一山に諸ぜみのあつまるごとく鳴き響《とよ》みをり

鳴く蟬の声にまじりて筧より落つる水音ちろちろひびく

桜木の幹をつかめる空蟬は土つくるまま朝露に濡る

蜩の鳴きつぐ山の奥津城にうからと詣づ盂蘭盆会けふ

軒先の岐阜提灯に灯の入りて涼しげに揺る盂蘭盆会の宵

稲の匂ひ

この年の八月去年より遥かにも暑さ厳しくあへぎつつをり

稔りたる稲の匂ひのしるくせり猛暑のるつぼの昼は過ぎゆく

裏山にそろひて鳴ける蟬のこゑ終戦の日もかく響きゐしとぞ

ひたすらに咲きのぼりたるのうぜんの燃ゆる朱花寺庭に垂る

いづこより種とびきしや庭にさく高砂百合の白きその花

蝕終へし月の金片だんだんと冴えまさりつつ望に近づく

地を揺りて揚がりし花火いさぎよく開き夜空に吸はれゆきけり

芭蕉の生家

潜り戸を屈まりて入るこの家の奥処に芭蕉の生まれましし と

蕉翁の生家の暗き土間内に意外に大き草鞋吊りあり

蕉翁の処女作書きし釣月軒蔀《しとみ》の釣られ木洩れ日ゆらぐ

ひと方に花梗傾ぎて淡き黄の芭蕉の花咲く釣月軒の庭

檜皮《ひはだ》ぶきの屋根は笠にて蕉翁の旅の姿を象《かたど》る聖堂

み堂内まなこつぶりて瞑想の蕉翁の像よ良き句生るるや

秋さる

紫のふくらみ見えて秋されの庭にきちかう咲き初めにけり

剪定の夫慣れたるや心地よき鋏の音して穧の枝おろす

虫すだく夕道ゆけば刈り取りし田中の新藁しるけく匂ふ

台風の大き被害地思ひつつ畑に大根の種播き直す

村雨の絶え間の空に淡あはと秋の虹たちしまらく仰ぐ

掌《て》にひと房載すればばうるはし黒きまで紫深かるこれのピオーネ

ひと刷けの雲も浮かばぬ中空にいよよ澄みたる望月わたる

ほととぎす水引の花並び咲く庭にひねもす秋の雨降る

秋頃日

ほの甘き香りに寄れば木犀の小花咲き初むさ庭の隈に

入りつ日のなごり染みたる西空にかかる鎌月鋭かりけり

山間縫ふ川瀬に落ちくる魚《いを》ゐるや白鷺じつと流れを見つむ

柿啄む鵯追へば啼きながら波のりする如とび去りゆけり

つややかなる栗の実落つるところまでひとすぢ通る猪の道

菜虫捕る畑に白蝶五つ六つせはしなく飛ぶ小春の日和

ひと束の黄菊明るし里びとの鍬を洗へる小流れのそば

秋の日をあまねく吸ひてふくれたる布団に今宵は眠る安けさ

鵙日和

高鳴けるもずを仰げば雲ひとつなき空澄みてけふ鵙《もず》日和

澄む空を鋭く鳴きてわたりゆく鵙は番《つがひ》か二羽連れだてる

きのふ来て土寄せやりし大根が緑葉伸ばし息づきてをり

畑草を引くと俯くわが顔にかたばみの実のはじけ飛びくる

足もとの落葉のなかに見つけたる拾ひ残しの大き栗の実

霖雨《ながあめ》に茎のかたぶく杜鵑草なほむらさきに花は上向く

天心の今宵十三夜の月光《つきかげ》はいよいよ冴えて庭の明るし

西ぞらにあはくかかれる有明の月をつづけて二日見にけり

土井竹林

隧道をぬけ出でたれば垂直の大竹群のあをき幹肌

見上ぐれば天をつくがに伸び立つる篁のなかわれの小さし

天を指しますぐに伸びたる篁の高き秀末が風なきに揺る

尺三とはた尺四と太幹に書きある竹に手触れみにけり

たとふれば嵯峨野はたをやめ目交《まなかひ》の土井竹林はますらをぶりぞ

枯葉色の蝶のひとつがたのめなくふはり縫ひゆく竹林のなか

散り積もるしめりやはらの竹落葉踏みゆくわれの足裏にやさし

釣竿に簗《やな》に網《あ》針とこの竹を漁具に用ひし浦の人びと

路地曲がるまで

刈りあとに落穂啄む雀子のつばさ光らせ一斉に立つ

台風の過ぎて俄に秋の気のひいやりとあり長袖取り出だす

籬より枝垂るる萩のま盛りて風吹くときに赤きがうねる

雨やみて蟋蟀ひとつふたつ鳴きやがては募るばかりの今宵

門口に立ちて見送る里の父路地曲がるまでわれに手を振る

枯れ色の螳螂そろりと石畳に出で来て秋の日に照らふなり

蔵出しのお茶

汁の実をきざむ厨に差し入れる朝日この頃遅くなり来ぬ

かきくらみ降り来し雨に夕鵙《もず》の一声鳴きて飛び去りゆけり

立てくれし畝まがるまま大根の種播きにけり長月五日

翅伏せてゐのころ草の穂の先にじつと止《とど》まる秋あかねはも

栗の木に絡む南瓜のつる引けばずしりと重き実草むらに落つ

蟋蟀の中に混じりてすいっちよが澄みたる声に鳴き初めにけり

鳴く虫に誘はるるごと庭に出でここは静かと赴任の夫いふ

手に重き湯呑みに替へてこの宵は蔵出しのお茶ゆるりいただく

冬日差し

日に幾度変れる空や今しまた黒雲おほひ雪しぐれ降る

初しぐれ降りみふらずみ日の暮れの西方ぽっかり青空のみゆ

くれなゐの楓もみぢの葉の先に雫とどめてしぐれの過ぎぬ

朝あさを咲きつぐ椿の紅の色いやあたらしく時雨に濡れて

暖かき冬の日ざしを吸ひゐるや道辺に白きたんぽぽの花

日に透きて黄の色澄める臘梅の花の数増す去年よりことし

拭き了へし玻璃戸を透る冬の日が畳にぬくとく届く年の瀬

去年今年

木箱より出だしし重箱ぬるま湯に洗ひてくもりなきを確かむ

正月を迎ふと夫は裏山に採り来て松と裏白かざる

幾桶の餅米磨ぎて赤かりし母の掌思ふ暮の餅搗き

荒神さま井戸神さまに恵比須さま小餅丸めつつ家の神数ふ

年越しに点すみあかし揺らぎゐて事多き年過ぎてゆくなり

元日はわが誕生日手鏡を磨きて五十路のわが顔写す

小鳥等の声の聞ゆる厨辺に雑煮の餅をこんがりと焼く

み社に引きたる御神籤吉と出でこの年吉き事あるか新春

旅をりをり

熊野三山詣で

伊勢よりは峠《たを》いくつ越え神います熊野の山にけふ詣で来ぬ

道の辺に巡礼供養塔建つを見て熊野詣でのそのかみ思ふ

熊野川水細くしてひと筋に白き洲のあひくねりて流る

参道の幟に描かるる八咫《やた》烏に迎へられたり幾まがりきて

新藁の匂ふしめ縄掛かる門くぐりて詣づる熊野本宮

悲しみを持てるは生ける証しとや熊野おん神みちびきたまへ

洞をもち那智の社殿に枝のばす八百五十年のこれの大楠

高みより白き光の束となり一気に落ちくる那智山の滝

梛《なぎ》は凪に通ふと聞きて御神木のその苗速玉大社にあがなふ

大原の里

山迫る八瀬の里わに立ちてきく高野川瀬のせせらぎの音

弥陀三尊おはすみ堂の柿葺《こけら》きを染めゆくまでに散る桜はな

金色の阿弥陀如来はうすあをき春愁のかげ浮かべいますも

廃院の石垣のこれる渓みちに聞こえくるごと魯山の声明《しやうみやう》

草ふかき寂光院を訪ねきて建礼門院偲びまゐらす

岩清水引けるみ寺の池水は杉の落葉を沈めつつ澄む

草《くさ》生《ふ》谷の滝壺に散りし花びらがひとつところを回りをりけり

松本城天守

烏城とも呼ばれて黒き松本の城は見えたり天さし聳ゆ

腰羽目板はなべてか黒き漆塗り城の天守をうつくしと仰ぐ

大天守に寄りそふ四つの建物の組み合はされて整ふこの城

天守閣に秀吉よりは拝領の五七の桐の紋瓦載る

天守内は四百年の時こえて素木《しらき》づくりの空間広ごる

信州の材にて建てしこの城の柱や床の木目あざらし

小天守を支ふる栂の丸柱に残るは手斧《てうな》に削りし紋あと

開けられし狭間《さま》よりのぞく内濠に跳ぬる魚が時折光る

茂吉の里へ

今日を来てすすき野菊の咲きそよぐ茂吉のふる里金瓶を訪ふ

表札は守谷傳右衛門と掲げたる茂吉の生家の門くぐりけり

秋の日を茂吉生家に返り咲く白頭翁《はくとうをう》をおほふ毛の銀

赤き実をもつあららぎの木の下に歌聖茂吉の墓はしづもる

寄り添ふごと茂吉の墓は宝泉寺の窿応和尚のかたはらに建つ

赤光院仁誉遊阿暁寂清居士茂吉が筆の碑銘に額寄す

のど赤きと茂吉の詠みし寺の歌碑母の火葬場の跡に向きたつ

宝泉寺より親しく茂吉のながめゐし三吉の山の峯とがりゐる

伊予路ゆく

朝の時告ぐる太鼓に入り湯せむと道後いでゆの開館を待つ

木造に百年経たる道後宿の急なるきざはし手摺もち上る

吊るさるる大きわらんぢに二度三度双手もてふれ山門くぐる

鎌倉の御代残りゐる石手寺の庭に腰かけ熱き茶すする

杉鉾と見まがふほどの大筆もち寺裏山に聳ゆる大師像

開け放つ愚陀仏庵に漱石と子規いますごと座布団おかる

渾身の力もて書きし絶筆三句子規堂ぬちに掲げありたり

切り込みの入りし文机置きありて子規の部屋内ありし日のまま

てのひらに載すれば温もり伝ふがのぐい呑みひとつ砥部に購ふ

港町神戸

神戸港のメリケン波止場ゆ見はるかす沖の貨物船動くともせず

海に浮かぶポートアイランドにかかりたる大橋うつくし力強かり

被災なしし護岸の大きく崩るるが保存されあり神戸港波止場

玄関の扉は鉄ぞ重厚にて石造りなる旧居留地のビル

名店に屋台もありて賑はへる南京町の人なかをゆく

街や港山を背にして見下ろしの坂の上に建つ北野異人館

風見鶏が守る煉瓦の異人館こは中世の城郭思はす

シャンデリアステンドグラスに握り手の金具の装飾美しき異人館

沖縄へ

降り立てばみんなみ沖縄霜月をブーゲンビリアに仏桑華《ぶっさうげ》さく

泡盛の酒屋の丁字路に魔除けなる石敢當《せきかんたう》の石柱建つ

雨多き沖縄なりと思ひしがどの家の屋根にも水槽かかぐ

まな下の波のとよみの音聞きつつここ万座毛《まんざもう》の断崖に立つ

何おもひ逝きにし少女《をとめ》や館に見る遺影の面輪はあどけさ残る
沖縄県平和祈念資料館

並び建つ礎《いしじ》に彫れる二十三万のひとりひとりに親族《うから》のあるを

戦ひの烈しかりにしここ摩文仁の丘より見下ろす海蒼く澄む

金網の一歩むかうは米軍の広き基地なり軍用機発つ

古京飛鳥

白じろとつばな穂に出ではてしなく風になびかふ飛鳥への道

とぶ鳥の飛鳥の細川いにしへの今に流れて音のさやけし

目じるしのみ寺の白き築地塀見えて畦道いくつまがれる

千三百年まみに映りしありさまを秘めてましますす飛鳥大仏

目路はるか西を望めば石舞台より二上山見えうらかなしけれ

妖気さへただよふ巨石《おほ》組む室のあひより飛鳥の青き空見ゆ

酒船石猿石亀石みろく石こころのよるべぞ飛鳥の石は

いにしへは異国の言葉もとびかひてゐしや帰化人のふる里檜隈《ひのくま》

足下は遺跡ばかりと大切の飛鳥をあつく語る村びと

平城宮の跡

遠つ世に吹きゐし風や宮跡に立つわれの頬やさしくなでゆく

咲く花の匂ふがごとくとうたはれし奈良の都の宮の跡ここ

宮あとの枯原なかにあひ寄れる鴫の子三羽秋日浴びをり

朱雀門に見放くる宮あとおぎろなく枯野のはてに陵《みささぎ》かすむ

みどりなる黄楊《つげ》を標とし植ゑらるる内裏の柱の穴あと並ぶ

宮かこむ西大垣のあとに咲く山茶花いくひら土に散らへり

平城宮の役所の名前を墨書きせる出土の木簡文字《もんじ》うするる

清き水い湧きしここに宮びとのうま酒つくれり井戸跡残る

前《さき》の世の人の声など聞かむとて耳をすませど風の音のみ

紫香楽宮跡

遠つ代に三年《みとせ》都のありしとふ宮跡とめゆく信楽《しがらき》の町

鳧《けり》啼ける野の道ゆけば取り入れの済みし田なかにのこる宮跡

この狭き盆地に宮構へ大仏の建立すすめし聖武天皇

わが立つは朝堂正殿あとどころ天平十七年の宴の舞台

脇殿跡のこれの田の土はがされて並ぶ柱穴クレーターのごと

万病膏と力ある字に墨書きの掘り出でし土器は傷ぐすり入れ

播きたれば芽の出づるかも山桃に棗にぶだうの天平の種

墨書き土器木簡斎串花粉など宮のあとより出土せしもの

幅十二米の朱雀大路の遺構出でいにしへ人の往き交ひ思ふ

厳島の宮

弥山《みせん》を背に潟を斎庭に建つ大き社殿群はも極楽浄土

境内の鏡の池は清き水たたへて朱塗りの廻廊映す

み社の夜の闇とぼす灯籠を長き廻廊の角かどに釣る

奉納の康頼灯籠の火袋に彫りある六軀の地蔵尊おぼろ

潮干潟を徒《かち》にいゆきて裾あらはの鳥居の太き基《もとゐ》に手触る

朱しるき高欄めぐらす高舞台に寄りてききゐる平安の風

金具に軸題簽《だいせん》見返しことごとく意匠を異にす平家納経

経巻に平氏の奢りを見るごとし金銀緑青の傅彩《ふさい》を駆使して

山の上の千畳閣の広びろし秀吉建てて未完にあれど

伎芸天女

おほかたは散りゐて惜しも伎芸天女いませるみ寺の萩の花はも

ほの暗きみ堂のうちに立ちませる伎芸天女は匂やかにして

千歳余の時の移りにおのが身をまかせ立ちます伎芸天女は

近寄りて仰ぎまゐらす伎芸天女おゆびに与願の印むすびます

息づきの聞こゆるごとくおん口をすこし緩ばす伎芸天女は

憂ふともはつか笑むとも伎芸天女頬のさびしさ何秘めもつや

伎芸天女の天衣《てんね》の裾にそのかみの漆の朱がほのかに残る

ふみ出だすばかりに立てる伎芸天女近づきわれに願与へませ

何もかもつつみくださる心地して伎芸天女をただに見つむる

興福寺の阿修羅

あらあらしき神と思ひしが阿修羅像少女の如く細身に立たす

まなざしは静かなれども強き意志もちて遠くを見すうる阿修羅

釈迦集会《ゑ》の場面に居合はす像といふ阿修羅は眉よせ何聞きますや

憂ひもつ少年阿修羅の眉間より匂ひ立ちくる清《さや》けさのあり

乾漆造の阿修羅のやはきおん肌へ少女思はせ息づくごとし

かぼそかる阿修羅のおん肩やさしかりこれの肩もて引きしや弓を

苦しみと悲しみささへ包むごと阿修羅の像の六つのみ腕

板金剛《こんがう》はけるみ足の小さけれどしかと立たすも阿修羅の像は

うつし身のモデルのゐしや生き生きと立たす阿修羅を造りし仏師

中宮寺の弥勒菩薩

尼寺と聞けば安けし弥勒仏いますみ堂に靴ぬぎあがる

たらちねの母の如くにほほゑめる弥勒にわれは迎へられたり

ながながと思索の時を楽しむや弥勒菩薩の寧《やす》けきゑまひ

もの思ひなします弥勒のおん頰にあつる指《おゆび》のしなやかにして

おん肩もみ胸も腕もまろみ持つ弥勒はさやけき少女思はす

組む足にそへる手の爪人に似て弥勒菩薩をしたしとは見つ

幾世へし弥勒の肌へ濡るるごと黒ぐろひかるいやひと色に

遠つ世の人の心をとらへたる弥勒は今も静かにほほゑむ

み仏と長く対へる堂ぬちに冬日差しきてぬくとかりけり

百済みほとけ

ひともとの葦のごとくに楚々と立つおん身の丈の高き観音

いづくより来ましし仏やほほゑみて大和の国に千歳《ちとせ》余を立つ

み面《おもて》も衣の襞も浅彫りの菩薩は樟の一木《ぼく》づくり

そのかみは華やかなりけむ観音の口辺にお胸に朱の色のこす

水瓶《すいびやう》の今落ちむかと思はるるばかりに提ぐる指《おゆび》やさしも

謎めけるゆゑに美《は》しきや百済仏み堂出づれどまなうら去らず

千の輝き

仏師集団率ゐし湛慶が再建の苦心のみほとけみ堂に千体

ひと際に大きみ仏中にして左右五百体きらめき立たす

千体仏はみ堂の段《きだ》にぎつしりと並み立ちわれに迫りくるごと

千の手に無限の救ひをあたふとふ千手観音の前にぬかづく

中尊の玉眼のひとみ輝きて静かにわれをみそなはします

観音の肩より出だす千の手は蓮華に宝珠いろいろもちます

慈悲怒り笑ひの相もつ十一の化仏《けぶつ》の面《おもて》あらゆる方むく

堂ぬちにあまたはいますみ仏のお顔にちちははさがして巡る

この世の浄土

鳳凰堂をこの世の浄土と頼通が宇治に建てしは千年の前

池ごしのみ堂はまこと鳳凰がつばさ広げて飛翔のすがた

堂ぬちに坐します阿弥陀如来像もろ手に弥陀の定印むすぶ

慈悲深き目見のなかにもみ仏の威厳をたたふる如来のおん目

極楽に咲きみだるるとふ宝相華《ほうさうげ》の花を全面に彫り込む天蓋

扉絵の聖衆来迎図より抜け出だすがの飛天はみ堂の長押《なげし》の上に

舞ふ菩薩に楽を奏づる菩薩あり如来を囲める五十と二軀は

雲にのり空舞ひにつつ極楽を翔る雲中供養の菩薩

蟠満寺の釈迦如来

蟠満寺の奇異なるその名はいにしへの蟠満寺縁起によれるものとぞ

蟹満寺にかかぐる扁額伝説の蟹と蛇の絵嵌めてよろしも

白鳳に秦氏の建てし蟹満寺方《はう》は二町の大寺にありしと

この寺に千三百年を伝はりし大きみほとけ間近に拝す

薬師寺の薬師如来に並ぶとふこの蟹満寺の釈迦如来像

御身くろく古りてましますみ仏の膝の辺はつかに金色のこる

み仏の頬いたいたし平安の世にふたたびの罹災の傷あと

白毫と螺髪《らほつ》を着けぬこの寺の釈迦仏親し常びとのごと

いにしへの人らは何を祈りけむ古きほとけに聞きてみたしも

山にうたふ

夏の立山

けふのぼる夏の立山縞馬の模様にいくすぢ雪のこりゐる

岳人の踏みし足あとにわが靴を重ねて雪渓ゆつくり越ゆる

ひと群のたうやくりんだう岩陰に淡き黄の筆立つるごと咲く

頂きの雄山神社のお祓ひをつつしみ受くる石にすわりて

越えて来し真砂岳はもみるみるに霧這ひのぼり尾根をまきゆく

大汝《おほなんぢ》の山ゆ見おろす黒部湖は吸はれゆくがの妖しき蒼さ

山荘の夕餉はうまし山採りの大き薊葉からりと揚げある

母どりの見張れる原に雷鳥の六羽の雛はちんぐるま啄む

立山は火の山にあり身おろせる谷より絶えず煙噴き出づ

燕岳

登山口ゆいきなり急なる登りにて流れ落つる汗拭ひつつゆく

のぼり路の水場に小さき祠あり額づき山の事なきを祈る

合戦小屋の売店の西瓜冷たくて一気にわれは二切れを食む

熊笹と曲がりくねれる岳樺《だけかんば》の山道ぬくれば視界開けぬ

兎ぎく白山ふうろに車ゆり 燕岳《つばくろだけ》の原花ざかり

いただきへの道はみどりの這松と花崗岩砂の白きがつづく

主稜線に立てば高瀬の谿へだて雪渓のこれる槍ヶ岳見ゆ

ざくざくと花崗岩砂を踏むなだり紅の駒草いまを群れ咲く

這松の松かさ啄む岩ひばり囀りにつつ枝うつりする

駒草

はなことば高嶺の花の駒草に初に逢ひたり燕の嶺に

ふくらめる蕾はまこと駒の面に似てをり駒草といふをうべなふ

古くより霊薬になし乱採集されて減りしと聞くおこまぐさ

花茎に幾つかかげて項《うな》かぶし咲く駒草の花のくれなゐ

種下ろし幾十年経て砂礫地に咲く駒草のかりそめならず

ひとなだりの群落守ると砂礫地にロープ張られて駒草の咲く

乗鞍にのぼる

針葉樹林抜くれば一面這松の原の広ごる乗鞍山道

乗鞍に初雪降りしはおとといぞ風の冷たくわが頬をさす

七かまどの赤実の照れる山原にくだる星鴉一羽また一羽

細かなる葉毎葉ごとに霧氷つき硝子細工のごとかる這松

乗鞍の十月はじめの花畑は枯野よ風にさらさるるまま

あらあらしき溶岩の間《ひま》左右に縫ひ登りゆきけり初雪ふみて

ふりむけば彼方に白山まな下に碧玉嵌むるがの権現池見ゆ

標高は三千余米乗鞍の頂きに今われは立ちたり

この峰のいただき狭く信州と飛驒向く神社の背な合はせ建つ

蓼科登山

諏訪富士とも女《め》の神山とも呼ばれゐる蓼科山はやさしき姿

一面に樹林の下をおほひたる杉苔やはくビロードのごと

落葉松の枝に寄生の猿麻桛《をがせ》おぼろに垂るるはあやしきまでに

足とどめ木立の間より見下ろせる女神の湖《うみ》は蒼くしづもる

頂上の間近くなれるこれよりは一直線の急なるのぼり

累々たる岩石の上歩を一歩のぼりゆくごと高度の上がる

見のかぎり岩岩岩のころがりて岩の海なり蓼科山頂

甲賀三郎蛇に化身の伝説を恐れつつ聞く噴火口あと

大台ヶ原山

一本の線のやうなる雨ふると土地の人言ふ大台ヶ原は

やはらかき苔の生ひたる倒木にしかと根を張る唐檜の苗木

涼しさを求めて来しか頂きに身のうす色のあきつ群れとぶ

たたなはる嶺のその先おぼおぼと熊野灘見ゆ日出ヶ岳山頂

鳥かぶとの花かと紛ふカワチブシ紫紺妖しく台地に揺れたつ

大岩に魔物を封じしと伝へある牛石ヶ原は糸笹おほふ

大蛇嵓《ぐら》の岩頭に立ちまな下の絶壁見やれば目のくらむほど

高木なる裏白樅の枝先に啼くはひがらか声とほりたり

御在所岳に

この山は花崗岩帯きのふにも落ちしと思へる大岩ころがる

谷へだつ険しき崖にほつかりと灯ともすごとく赤やしほ咲く

道おほふ根曲り竹の筍を熊好むとふかめば甘かる

山上の草はらなかに群れて咲くうすむらさきの立山りんだう

頂きより見ゆる鎌ヶ岳形よし何時かはわれも登りてみたし

大岩にかかれる鎖にすがりつつ急なる岩場そろそろくだる

山頂に向かふゴンドラの乗客と手をふり合へり下山の道に

御在所の山くだり来て麓なる出で湯にゆるり手足をのばす

醍醐寺より石山寺へ

参道にあまた散りしく花びらのその上に散るあたらしき花

醍醐寺のしだれ桜の咲き満ちて地につくまでをうす紅流す

秀吉が花見のためにしつらへし雅びやかなる三宝院庭園

百米登れる毎に石塔婆たつを目印に上醍醐めざす

山のぼる白装束の巡礼の腰に付けたる鈴の音は澄む

いにしへゆ湧きてやまざる醍醐水口にふふめばこれぞ醍醐味

上醍醐の開山堂より見はるかす宇治はふかぶか霞のなかに

山道に散りしく朴葉をかさかさと踏みつつ下りまた登りゆく

そのかみは行者道にてありしとふ石山寺へのみち越えゆくも

貴船より鞍馬へ

簗の瀬《せ》を越ゆる水音《み》のささらぐを聞きつつ貴船の川に沿ひゆく

水の神まつるとここに古りたまふ貴船の山の奥のみ社

貴船より鞍馬へ越ゆる木の根道入り組みをりてわが踏みなづむ

天狗より義経が兵法学びしはこのあたりとぞ小さき堂たつ

義経は小柄にありしや十六歳に背くらべせしとふ標石低し

息つぎの水とふ泉は義経の夜毎通ひし山道のそば

十年を義経住みし坊跡に冬日さしゐて供養塔ぬくもる

寺まもる仁王尊たつ門くぐればここより浄域こころ虔《つつし》む

清少納言の『枕草子』に記すとふ九十九折りなる参道のぼる

うから

わが家の古き書

父祖の誰が好みて謡ひしか表紙なき浄瑠璃古本手擦れなしをり

幾度も祖《おや》繰りしか角傷み表紙穴あく『能文能書』指南書

藁に布髪の毛混じれる見返しの『大学』の古本黴の匂ひす

和本なる朱き表紙の『四書集註』われ読めねども手にやさしかり

み祖《おや》残しし『十八史略』の処どころ赤き筆もて仮名ふられあり

墨に酢を加へて唐紙滲まずと文政の古本『節用集』に読む

『商売往来』『農人往来』のこの古本江戸の庶民の教科書なりしか

写本なる『永楽用文章』漢字のみに書かるる文の水茎すがし

黒き革に装幀なしたる『旧新約全書』若き日の祖父を支へしといふ

残されしこの古本をわが家の宝になさむと丁寧に仕舞ふ

義父母の年忌

正念院と正覚院の法名軸を仏壇に掛けて父母の忌とどのふ

カレンダーに大き丸付けし父母の忌を沈丁花匂ふ今日し迎へぬ

忌に集ふうからに父母の加護ありて息災なると夫挨拶す

賜りし旭日勲章仏壇にけふは光りて父二十三回忌

酒《ささ》好みし父にてありき内緒よと厨にコップ酒飲みまし し思ふ

七年の忌のめぐり来て年どしを母の大いさ思はるるなり

決断の早きが自慢の母なりき逝きますときも一夜さなりき

つつがなく法要済ませ香匂ふ仏飯の湯漬けわれはいただく

家系図書く

その先の過去帳あらずわが家の家系図享保の代より記す

祖を思ひ一筆ひと筆ていねいに記しし家系図掛軸に成す

床の間に家系図掛けて父上の二十七回忌整ひにけり

細ごまと記す家系図顔寄せて見入れる叔母上八十路になります

父逝きし年の正月三日の冷え思ひ出だしたりけふの法事に

母逝きましぬ

握る手はいまだ温きに母の面みるみる血の気の失せてゆきたり

こと切れし母のかんばせ穏しきに話しかくれば応ふるごとし

これの世の母に手触るるは終《つひ》なると冷たきほほを幾度もなづ

八十一年住み慣れし家をおもむろに母の柩は出で給ふなり

ふる里の空に葬りの鉦ひびき母送りくるる人の続けり

奥つ城の入りにひと本しらじらとおそ桜咲く墓守りのごと

母埋むる深き墓穴掘られゐて柩ゆるゆる下ろされゆきぬ

いま確かわが名を呼びし声のしてふとふりむきぬ母逝きてなほ

かんこ踊り

山里に祖霊送ると継がれ来しかんこ踊りの桴《ばち》音響く

羯鼓《かっこ》打ちて踊る男の子《をのこ》の白き衣たちまち背なの汗に貼りつく

赤鬼と青鬼勇みまかり出で踊り見るわれ後退《あとしざ》りなす

今年また隣の小父さん健やかに踊りの笛吹く大太鼓の前

胸の前に羯鼓かかげて舞ひ納むる男《を》の子《こ》若からず大き息吐く

ひと踊り踊りて休む男の子らを大き団扇にはたはた煽ぐ

母が魂み祖と共に帰りませ踊りや見ませ盂蘭盆会けふ

踊り手の幾人か明日は早稲刈らむ里の稲田は黄金の穂波

病室の窓

入院なし身動きならず病室の天井の模様の数かぞへをり

心なし欠けたる月の病室の窓にかかりて部屋ぬち照らす

六階のわが病室の窓に来し大き鬼蜻蛉《やんま》ついと逸《そ》れゆく

夕立のあがりゆくらし雲間より薄日差し来て明るむ病室

打ち揚がる花火は見えねど窓開けて闇の夜空を見上げ音きく

入院のわれを見舞ひに来てくれし父の後姿小さきを見つむ

うとうとと眠りをりしか健やかに過ごす夢見し真昼の病室

思ひきり足を伸ばへてぬるき湯にゆつくり浸る退院なして

子は嫁ぎたり

面引きしめ結婚式場に進む娘を過ぎし日の吾に重ねつつ見る

漫画家になりたしと言ひて夫と吾《わ》を驚かせし娘けふは花嫁

花婿のうからの話すやはらかき岡山言葉を聞きて安らぐ

笑みこぼし蠟燭点しゆく二人に幸あれかしとひたに願へり

嫁ぎし子の部屋の隅なる化粧瓶に夕べの薄き日の差してをり

父との別れ

眠るごと父逝きませり茶の花の咲ける霜月二十五日を

いつかはと恐れゐし父の訃を聞ける受話器持つ手の震へとまらず

いくそたび父よと呼べど応《いら》へなく息絶えまししからだ冷えゆく

たらちねの待つ黄泉《よみ》の路安かれと足袋はかせやる父のみ足に

み柩の父に抱かしむルソン戦の死闘記せし『追憶』の本

ルソン戦に敵弾くぐりて還り来し父の葬りのけふ暖かし

母眠るそばに掘られし墓穴に父の柩はしづかにおろさる

これがこの世の別れとやひとすくひ父の柩に土かけ申す

看取らずて俄に逝きし父なれば悔いのいくつがまたも浮かび来

さくらの頃

単身の生活終へて帰るとふ夫の電話のこゑはづみをり

けふ晴れて上野のさくら八分咲くそちらはいかにと夫は電話に

家守るに日々忙しと言ひわけして夫の任地に行かざりしわれ

任地より夫送りこし荷のなかに使ひ残せる香《かう》の出で来ぬ

減量を忘れゐるらしとくとくとうれしき音させ夫の酒《ささ》くむ

山ざくら四もと五もとこの年もほつかり咲きて灯ともる如し

舞妓花の席

石畳の通りをゆけば料理屋に茶屋など並ぶ京の花街

父母の日の贈りものよと嫁予約をとりてくれたり「舞妓花の席」

丸梅と書きある提灯軒先に吊り下ぐる店に夫と入りゆく

おこしやすと笑みつつ舞妓は三つ指をつきてわれらを迎へくるるも

通されし座敷の奥の庭に生ふる竹すがすがし真すぐに伸びて

千社札を舞妓さんよりいただきて見れば祇をん豆十三と記さる

休み日はジーパンはきて普通の娘と変らぬ暮しと豆十三さんは

京舞は井上流とぞ豆十三さん祇園小唄をきりりと舞へり

あんどんの灯のやはらかき座敷にて舞妓と撮れる記念の写真

孫生る

今がいま女の子生れしと息子よりメール届けり六月二十九日

すくよかなる母子の画像がメールにて送られ夫と額寄せて見る

これの世に生れて七日のみどりごを囲みて祝ふけふしお七夜

胎教によきと汝が母常流しし楽聞こえくるみどりごの部屋

女の孫の名前は美宇とぞ命名の色紙《しきし》に夫は墨濃く記す

生まれきて七日のみどり児わが抱けば何にも増してやはらかきかな

みどりごの見ゆともあらぬまみ向けて何語らむとすや祖母《おほはは》われに

をみなごにあればやさしき声に泣く孫《うまご》の美宇よ勁くし育て

乳足らひねむるみどりごの無心なる浄き面わを見て飽かずけり

古稀迎ふ

めぐりゆく日々の速さよまたひとつ歳の輪重ね古稀をむかふる

古稀なるは遥けきことと思ひしにわれその齢を迎へとまどふ

この年に古稀を迎ふる友どちとうぶすな神に宮詣でする

天をさす古き鉾杉ふるさとの鎮守の杜に神さびそびゆ

いにしへゆ里の来しかた見まもりし千歳杉に耳おしあつる

わが父祖も登りし宮居の石きだを吾《わ》も踏みのぼる古稀を迎へて

かしこみて神のみ前に厳《いつか》しき祝詞《のりと》をきけば清《きよ》まはる心地

わがいのち古稀を迎へてつつがなく今あることを大神に謝す

過ぎし日を語る思ひ出尽くるなしみな幼日にかへらむとして

今年の正月

正月の二日の朝を発ちゆけり子はアメリカに転勤なりて

アメリカよりネット電話に子の話す声ひと呼吸おきて伝はる

アメリカに子より遅れて発つ嫁と孫と過ごせり今年の正月

鈴鹿颪《おろし》の強く吹く日も幼子は庭に出でむと靴をもちくる

ぬくければ公園にゆき幼子とふらここにのり日が暮れにけり

玻璃窓に掌のあと残し孫の美宇発ちてゆきけりロサンゼルスへ

音のして机の上の置時計ロサンゼルスの時刻みをり

駿誕生

身二つとなりて程なき嫁よりの電話にまじるみどりご泣く声

長月の二十九日のあかときにふたり目の孫外つ国に生る

初に逢ふ孫《うまご》はいかな赤子やと胸躍らせて動画に見入る

見ゆるかに眼《まなこ》を開けてこち見をりみどりご生れてひと日も経ぬに

生れし子に名をつけて退院叶ふとふ習ひに子らは名付けをいそぐ

駿とふがよき名と決めたりその親は四たりの祖父母の思ひも聞きて

出産なし三日《み》目に嫁の退院す早きと思へど習はしにして

ふたり目のみどりご抱けるその母の落ちつきの見ゆネット電話に

送り来しけふの動画のほほゑまし駿とその姉仲良く写る

ロサンゼルス

はろばろと来つるものかなロサンゼルスの空港に今われ立ちてあり

街路樹の椰子にまぶしく日の射してロサンゼルスははや夏の景

ゆくところ花ま盛りのジャカランダうす紫ににほふこの街

雨のなき街潤ほすとをちこちにスプリンクラー置き水溢れしむ

さ庭べに色とりどりの花咲かすビバリーヒルズのこの住宅街

ハリウッドの中国映画館前に刻まるるスター二百余人の手形足形

幾棟なるラクマ美術館をめぐりきて大和絵見する日本館に安らぐ

胴体のタイルの補修いたいたし還りきて展示の有人宇宙船《エンデバー》見上ぐ

天文台の丘より見下ろす街の灯は満天の星きらめくごとし

帰国せし孫

アメリカに五《いつ》とせ住みて帰国せし孫子を迎へ無事を喜ぶ

髪長く背なまで伸ばしほほゑめる久に会ふ孫少女さび来ぬ

夫の言ふ大したものだの口ぐせを男孫の真似てうから笑はす

ふたりして遊ぶ幼ら何話すやよどみなき英語にわれ聞きほるる

アイパッドに携帯電話をたはやすく使ひて動画に見入る幼ら

女の孫の気に入りたるらし小学校を見学なしてはや行きたしと

大人ぶることばに語る六歳の女孫の寝入る面わ幼し

半月まりわが家に居りて四歳児の話す日本語とことのひきたる

伊勢志摩行

踏みゆける板の宇治橋親しもよわれの足音《あおと》を聞きとめわたる

神宛に薪の積まれてかがり火の準備されあり大年《おほどし》けふを

匂ひたつ新正殿を仰ぎ見れば千木かがよひて天《あめ》さし伸ぶる

恙なく五十年ありしと夫とわれ大御神の前につつしみ申す

役終へて残る殿舎の萱葺きの屋根はいたみて古りたまふなり

いづこにか鳴りゐる除夜の鐘の音をききつつ眠らむ志摩の宿りに

伊勢の海《み》にさし昇りくる初日かげ見むと浜辺に佇つこの年明けは

ひむがしの海境いよよ茜さしおもむろにして初日出で来る

初日出で海面に放てるひとすぢの光の帯は足の辺《へ》にとどく

『里の春秋』五百六十二首完

あとがき

この集はサキクサに入会しました昭和六十三年より、平成二十七年までの二千三百余首の作品から五百六十二首を選んで収めました。

近くにお住まいのサキクサの先達岩間佳年子様より、短歌へのお誘いをいただいたことから、平明を旨とされます大塚布見子主宰のサキクサ短歌会に入会いたし、御指導にあずかっております。

入会時に主宰より「歌を詠むことはお産と同じで生みの苦しみがありますが、それだけにまた楽しみも大きいものです。己れに負けず詠み続けて下さい」と温かい励ましのお言葉をいただきました。そして、歌が中々出来ない時には主宰のお言葉を思い出しながら、どうにか今日まで私なりの歌を詠み続けてまいりました。歌の「いろは」も知らない私を御指導下さり、歌を詠むよろこびをお教え下さいました主宰に感謝いたします。

このところ年々身体の衰えが目立つようになりまして、私の生きてきた証しに、一冊を残したいと歌集の上梓を切に思うようになりましたが、歌の拙さを思い、躊躇しておりました。はからずもこの春、岩間様からお勧めいただきまして、意を決して先生にお伺いしましたところ、快くお許しいただきこのたびの上梓の運びとなりました。

「鈴鹿に住む」では身近な里の四季の移ろいを組み、「旅をりをり」ではサキクサの吟行での歌や、仏寺、神社、史跡を夫と訪ねたことを纏めました。「山にうたふ」は隣の御夫婦が山へ誘って下さって登りました山のことを、「うから」には父祖のこと、家族の日常のことを、およそ年代順に並べてあります。

来し方を振り返る自分史のような、未熟な歌集ですが、私の歩みをまとめました。来年は喜寿を迎えます節目に、念願の歌集を編むことが出来まして誠にうれしく思っております。

このたび、大塚主宰には歌集上梓にあたりまして、御多忙のなか選歌の労をお願いいたし、懇切な御指導をいただきました。その上お心のこもった序文と、『里の春秋』という集名も賜りましたことを心より御礼申し上げます。

また何かと励ましてくださったサキクサの先達や歌友、傍で見守り支えてくれました家族に感謝いたします。

終りになりましたが、出版に際しまして大変お世話になりました現代短歌社社長の道具武志様、今泉洋子様はじめ御社中の方々に厚くお礼申し上げます。

平成二十八年　七夕の日に

近　澤　幸　美

歌集 里の春秋　サキクサ叢書第126篇

平成28年11月7日　発行

著　者　近　澤　幸　美
〒519-1114 三重県亀山市関町萩原325
発行人　道　具　武　志
印　刷　㈱キャップス
発行所　現代短歌社
〒113-0033 東京都文京区本郷1-35-26
振替口座　00160-5-290969
電　　話　03（5804）7100

定価2500円（本体2315円＋税）
ISBN978-4-86534-192-8 C0092 ¥2315E